巨大的謎語

托馬斯・特朗斯特羅默
馬悅然 譯

Den stora gåtan

Tomas Tranströmer

目次

序言

馬悅然

獲得二〇一一年諾貝爾文學獎的瑞典著名詩人托馬斯・特朗斯特羅默（後簡稱托馬斯）總共發表了十二部詩集：《詩十七首》（1954）；《路上的秘密》（1958）；《未完成的天》（1962）；《鐘聲與踪跡》（1966）；《黑暗中的視覺》（1970）；《小徑》（1973）；《波羅的海》（1974）；《真理的障礙》（1978）；《狂暴的廣場》（1983）；《為生者與死者》（1989）；《悲傷的鳳尾船》（1996）與《巨大的謎語》（2004）。這個集子將他最後的兩部詩集介紹給中文讀者。

我相信托馬斯二十三歲時將他頭一本詩集題名為《詩十七首》的時候，一定想到狄倫・托馬斯（Dylan Thomas, 1914-1953）二十歲發表的詩集《詩十八首》（18 Poems）。影響托馬斯的詩人很多，其中最重要的詩人是艾略特（T. S. Eliot, 1888-1965），帕斯特爾納克

（Boris Pasternak, 1890-1960）和瑞典詩人艾克羅夫（Gunnar Ekelöf, 1907-1968）。後，轟動了瑞典的文學界。

托馬斯的詩之特色是獨特的隱喻，凝練的描述與言簡而意繁的組成。托馬斯原來是一個優秀的鋼琴家。他的自由詩的音樂性很強。除了自由詩和散文詩，托馬斯常常從古代羅馬和希臘借來比較短的格律形式，也採用日文的俳句。他使用這些詩律的時候，完全模擬原來的節奏形式。托馬斯自己認為他的詩創作，從形式上看，也與繪畫接近。他從小喜歡畫畫。一九九〇年八月四日，中國詩人李笠訪問托馬斯的時候，托馬斯說：「寫詩時，我感受自己是一件幸運或受難的樂器，不是我在找詩，而是詩在找我。逼我展示它。完成一首詩需要很長時間。詩不是表達瞬間情緒就完了。更真實的世界是在瞬間消失後的那種持續性和整體性……」（北島《時間的玫瑰》，一九三頁）。

托馬斯詩作裡獨特的隱喻很多。頭一本詩集、頭一首詩的頭一行，有詩人最有名的隱喻之一：「醒來就是從夢中往外跳傘」。

另一個例子出現在《路上的秘密》中頭一首詩的第五闕的最後一行：

帶金黃髮雨的夏天
或者一只吠叫的狗上面
一片孤獨的雷雲。
種子在土中猛踢。

（馬悅然譯文）

托馬斯的詩已經譯成六十種語言。李笠把托馬斯詩集譯成中文（《特朗斯特羅姆全集》，二〇〇一年，南海出版社）。董繼平將托馬斯的詩歌都譯成中文。（《特蘭斯特羅默詩選》，二十世紀世界詩歌譯叢，二〇〇二年，河北教育出版社）。李笠、董繼平的譯本，當然未及收納托馬斯最近的作品，二〇〇四年發表《巨大的謎語》；將托馬斯的詩譯成英文起碼有十個翻譯家。其中最優秀的翻譯家，據我看是蘇格蘭詩人兼翻譯家若彬・佛爾頓（Robin Fulton）。他把托馬斯所寫的詩和散文篇都譯成節奏跟原文一樣的英文。佛爾頓精通與瑞典文很接近的挪威文。

另一位把托馬斯所寫的詩譯成英文的人是美國詩人兼翻譯家若伯・布萊(Robert Bly)。他的翻譯方法跟佛爾頓的完全不同。從事翻譯工作的詩人有時隨意改他們所翻譯的詩的原文。布萊先生就是其中一個。托馬斯一九五八年發表的詩集《路上的秘密》中有首詩題名為〈巴拉基列夫的夢〉，其中的一闕佛爾頓譯得很正確：「There was a field where the plow lay / and the plow was a fallen bird」。董繼平把這闕譯成「有一片田野放著一台犁／而這台犁是一隻墜落的鳥兒。」我讀這闕詩的時候就看那台犁的一把躺在土地上，另一把以四十五的角度傾斜往上，正像一隻斷了翅膀的鳥。布萊把這個非常戲劇性的意象譯成「and the plow was a bird just leaving the ground」，逼著讀者接受那犁垂直地立在田裡。布萊一九七〇年初把他的譯文寄給托馬斯看。托馬斯回答說：「你那『a bird just leaving the ground』比我的『a crushed bird』好得多」。托馬斯的回答涉及到一個很重要的問題。我認為詩人已發表的詩不屬於他自己，屬於他的讀者，屬於世界愛好詩歌的人。因此，詩人不應該讓譯者隨意改詩的原文。

在史坦納（Georg Steiner）的巨著《巴別塔之後：語言與翻譯層面》（*After Babel: Aspects of Language and Translation*, 1975）作者指出翻譯在其他特性之外，也是自我否定的成品，翻譯家必須服務原文而絕不該將自我強加於原文之上。但他也指出，所有的翻譯就像所有的閱讀行為，甚至聆聽行為一樣，也是編輯與詮釋的成品。如果詩人（The poet）是造物者（Creator）（實際上就字面來看這也是Poet這個詞的基本意義）那麼最理想的譯者應該是技術極為純熟的工匠。我們知道古代東方及西方的文明中，工匠是奴隸。自我否定是奴隸基本美德之一。但因為翻譯的任務也涉及到編輯及詮釋，譯者也必須化身為演員。譯者必須模仿原文作者，而其譯作必須近似原文。雖然有時譯文的文學品質因各種原因似乎會優於原文，但譯者絕對不可試圖超越作者。

據我看，譯者實際上應如奴隸一般工作。譯者應該體認到自己的雙重責任：對原文的作者與譯文的讀者負責任。譯者的工作對象是文本。這些文本可能有各式各樣的形式。文本可能切劃成長短不一的段落，除了語言本身存在的韻律規則外，別無其他韻律規則將這些段落組合在一起。有的文本以或多或少嚴格精確的規則組合在一起。這些規則規範了段落的長短與音節的重音或輕音，句讀和韻律要素，列入尾韻和頭韻。譯者的職責在於盡可能忠實地傳遞原文的信息，甚至原文形式及結構所夾帶的信息部分。

兩種語言之間，有時會有極大的差異，甚至任何將詩歌形式從一種語言轉換成另一種語言的嘗試，都注定會失敗。翻譯古代中國詩歌，無論是講平仄的近體詩或不講平仄的古詩，譯者面臨的巨大障礙都表現在幾個特色中。像《孔雀東南飛》之類的詩歌中一長串的韻文，無法在西方語言中找到對應。平仄的對比當然不能譯成缺乏聲調的語言。五言詩和七言詩中，停頓的固定位置，也無法保存於譯文中。當然，絕句和律詩中對偶句子的安排，譯文中很難反映出來。

每一種語言有其內在的節奏。請看以下的漢語，瑞語和英語的例子（ta代表一個讀輕的音節，tám代表一個讀重的音節）：

孩子睡在床上　tám ta tám ta tám ta

Barnet sover på sängen. tám ta tám ta ta tám ta;
The child is asleep on the bed. ta tám ta ta tám ta ta tám

我們注意到瑞語和漢語的句子有相似的節奏，所謂下降的節奏。英語的句子相反地有上升的節奏。

兩種語言不同的內在節奏當然會對譯者造成困難。托馬斯愛用古代希臘所謂薩福的詩律（Sapphic metre）。這種詩律包括四行。頭三行有相同的組織：tám ta tám ta tám ta ta tám ta tám tám（兩個揚抑格，一個揚抑抑格，一個揚抑格和一個揚揚格）。第四行包括一個揚抑抑格和一個揚揚格。瑞文的包括兩個音節的名詞，動詞，形容詞和副詞多半有揚抑格的形式。包括三個音節的名詞，動詞與形容詞多半有揚抑抑格的形式。因此薩福詩律非常適合於瑞語。托馬斯的薩福詩律完全合格。佛爾頓的英譯文也忠實於托馬斯的原文。以下有佛爾頓所譯的托馬斯短詩〈暴雨〉（取自《詩十七首》）：

Storm

Here the walker suddenly meets the giant
oak tree, like a petrified elk whose crown is
furlongs wide before the September ocean's
murky green fortress.

Northern storm. The season when rowanberry
clusters swell. Awake in the darkness, listen:
constellations stamping inside their stalls, high
over the treetops.

翻譯《特蘭斯特羅默詩選》的董繼平先生的譯文如下：

〈暴雨〉

散步者在這裡突然遇見巨大的
橡樹，像一頭石化的麋鹿，它的冠
寬大。在九月的海洋那陰沉的
綠色堡壘前面。

北方的暴雨。花楸果串膨脹的
季節。醒在黑暗中，傾聽吧：
星座在廄棚裡跺腳走動，在
高高的樹端上面。

六七十年代左傾的詩人和評論家批評不合時代潮流的托馬斯，認為他忽略參與社會政治活動，責備他為保守派與資產階級。其實，托馬斯自己是一個左傾的自由主義者，對國內和國際的政治活動很感興趣。可是他不願意讓他的詩作為政治宣傳的武器。

一首詩裡，托馬斯把自己當作一個巨大的記憶的見證人：

〈一九七二年十二月的晚上〉

來的是我，一個看不見的人，也許叫一個巨大的記憶僱傭
來正在這時活著。我駛過

那關閉的白色的教堂——裡頭站著一個木頭的聖徒
微笑著，身不由己的，像給偷走了眼睛一樣。

他孤獨。別的一切是現在，現在，現在。把我們
白天壓向工作，夜裡壓向床上的引力。戰爭。

（一九七二年二月美國空軍重新開始轟炸越南的河內和海防兩個城市。馬悅然譯文）

一九六〇年代托馬斯在一個年輕罪犯的管教所當心理學家。他的心理學背景很少出現在他的詩歌中。以下的詩也許是一個例外：

〈冬天的程式三〉

陳列在黑暗的
管教所的亭閣
像電視屏幕閃耀。

一把隱藏的音叉
在嚴格的寒冷中
發出它的音符。

我站在星空下

感覺到世界在我的外套裡
爬進爬出
像在一個蟻冢裡。

（馬悅然稍微修改過了董繼平的譯文）

托馬斯一九九〇年中風而失去說話的能力。發表在一九九六年的《悲傷的鳳尾船》是詩人中風之後頭一本詩集。其中兩首詩表達詩人對他的命運的慷慨之嘆：

〈四月和沉默〉

荒涼的春日
像絲絨暗色的水溝
爬在我身旁。
沒有反射。

唯一閃光的
是黃花。

我的影子帶我
像一個黑盒裡的
小提琴。

我唯一要說的
在搆不著的地方閃光
像當舖中的
銀子。

〈正如當孩子〉

正如當孩子時，一種巨大的侮辱
像一個口袋套在你的頭上
模糊的太陽光透過口袋的網眼
你聽得見櫻花樹哼著歌。

還是沒幫助，巨大的侮辱
蓋上你的頭，你的上身，你的膝蓋。
你會間斷地動搖
可是不會欣賞春天。

是的，讓閃亮的帽子蓋上你的臉
從針縫往外看。
海灣上水圈無聲地擁擠。

綠色的葉子使地球暗下來。

（馬悅然譯文）

托馬斯一九九〇年中風之後，只會講幾個詞，例如ja，「是的」，nej，「不是」，men，「可是」和mycket bra，「很好」。可是只要是托馬斯的妻子莫妮卡（Monica）在他的身旁，托馬斯會參加任何題目的談話。你無論問托馬斯什麼問題，莫妮卡看了托馬斯的面孔之後，會回答你的問題；「Mycket bra!」托馬斯就說。有時托馬斯會畫一個圖，告訴莫妮卡他要什麼。我記得有一天我在托馬斯和莫妮卡的家裡吃午飯。托馬斯忽然在一張紙上畫了一個馬頭給莫妮卡看。這一次莫妮卡簡直猜不到托馬斯要什麼。托馬斯不耐煩地再畫一個馬頭。「啊」，莫妮卡說，「你要你的眼鏡！」「Mycket bra!」托馬斯高興地說。我不懂一個馬頭跟托馬斯的眼鏡有什麼關係。莫妮卡解釋說：「托馬斯的詩集《黑暗中的視覺》有一首詩叫〈打開的窗子〉。那首詩的最末了的幾句是：『我不知道我的頭／向哪邊轉——／以雙重的視野／像一匹馬。』」我後來問莫妮卡：「要是托馬斯要他的眼鏡，他為什麼不畫一副眼鏡呢？」莫妮卡回答說：「托馬斯不是那麼簡單的一個人！」

今年滿八十歲的托馬斯和他的妻子莫妮卡經濟情況一直都是困窘的。托馬斯的薪水並不高，他的詩集賺不了多少錢。他一九七〇年代給他的老朋友美國詩人布萊寫的一封信中說，他和莫妮卡每到月底就得抖一抖他們衣櫃裡的衣服，看兜兒裡有沒有一些硬幣！

我認識托馬斯和莫妮卡快五十年了。這半個世紀，我們夏天有時在托馬斯那當領航員的外公在一五〇年前於斯德哥爾摩外的一個海島上蓋的「藍房子」見面。這個海島是托馬斯的真正的故鄉。最近十幾年托馬斯和莫妮卡住在斯德哥爾摩的南區，離托馬斯小時候住的地方很近。從他們的公寓看得見海和港口的一部分。客廳裡有托馬斯的大鋼琴。我們每次去見他們，托馬斯給我們彈鋼琴，他收集很多專門為左手寫的鋼琴曲。見面的時候，當然談得最多的是與詩及翻譯詩有關的一些問題。我一九八三年把托馬斯的詩集《狂暴的廣場》譯成英文，發表在瑞典與英國的雜誌上。一九八七年我把托馬斯的一些散文詩譯成英文，發表在題名為《藍房子》（*Houston:*

Thunder City Press）小本子上。

一九八五年，托馬斯和我有機會同時訪問中國。有一天托馬斯在北京外語學院給學瑞語的學生朗誦自己的詩。他朗誦完的時候，有一個男學生舉手說：「我沒有懂得你剛才朗誦的詩。」托馬斯回答說：「詩是不需要全讀懂的！你接受吧，把它當作你自己寫的！」我願意想像那名年輕的學生後來當了詩人。

這本書包括托馬斯．特朗斯特羅默兩部詩集，《悲傷的鳳尾船》與《巨大的謎語》。我的譯文是好幾年前譯好的。

我二〇〇四年訪問台北的時候恰好遇到總統選舉的熱鬧。為了要躲開那奇異的場面，我的妻子文芬和我逃到礁溪去過一個週末。文芬那時忙於寫東西，所以我利用那個機會把我的友人托馬斯當年新發的詩集《巨大的謎語》譯成中文。

本書是根據一九九六年初版《悲傷的鳳尾船》（*Sorgegondolen*）、二〇〇四年初版《巨大的謎語》（*Den stora gåtan*）瑞典原文翻譯，兩本皆由瑞典出版社 albert bonniers 出版。

悲傷的鳳尾船

Sorgegondolen

Den stora gåtan

四月和沉默

荒涼的春日
像絲絨暗色的水溝
爬在我身旁
沒有反射。

唯一閃光的
是黃花。

我的影子帶我
像一個黑盒裡的

小提琴。

我唯一要說的
在搆不著的地方閃光
像當舖中的
銀子。

不安全的國度

科長俯著身向前畫一個十字，
她的耳環懸掛如威脅的長刀。
正如一個伏在地上的花蝴蝶幾乎看不見，
魔鬼和打開的報紙混在一起。
誰都不戴的鋼盔奪取權力。
雌性的烏龜在水中飛而逃難。

夜讀的書頁

我五月的夜晚
上寒涼月光的岸
野草與花是灰色的
香味可青青。

色盲的夜晚
我滑上山坡時
發白的石頭
向月亮發信號。

幾分鐘長
五十八年寬的
時期。

在我背後
超過像鉛發暗光的海水
有彼岸
和當權的人。

以前途
代替臉面的人。

悲傷的鳳尾船，第二[1]

I

兩個老頭兒，岳父和女婿，李斯特和華格納，
與那焦躁不安的婦女住在大運河。
她丈夫米達斯王所摸到的都變成華格納。
海洋綠色的寒冷從宮殿的地板穿出來。
華格納致命地病了，他像傀儡小丑潘趣的側面比以前累得多
他臉一張白的旗子。
鳳尾船很重的裝載是三條生命，兩條來去的，一條單程的。

II

宮殿裡的一個窗戶打開了，忽然的冷風叫你做個怪相。
窗戶外的水上出現兩個獨槳土匪划的垃圾鳳尾船。
李斯特寫下了幾個和弦，重得該寄到
帕多瓦[2]礦物學研究所去做分析。
隕石！
重得不能停，只能沉了又沉，穿過未來一直到
棕色襯衫人的年代。
鳳尾船很重的裝載是未來的蹲下來的石頭。

III

向著一九九〇年的窺視孔。

三月二十五日。為立陶宛著急。

夢中訪問一所很大的醫院。
沒有工作人員。都是病人。

同一夢中一個剛生下來的女孩子
用完整的句子講話。

IV

在時髦女婿的旁邊，李斯特是個襤褸的貴族。
那是一種化裝。
嘗試而放棄不同面具的深淵就給他選了這化裝——
願意不露自己的臉孔而進入人類的深淵。

V

李斯特神父提慣了他的箱子穿過雪泥和陽光

他終於要死的時候誰都不到車站去迎接他。
一陣非常有天才而具有波蘭地味的溫暖的清風
　在差事中把他帶走了。
他總有差事。
一年兩千封信！
允許回家以前必得把拼錯了的字寫一百次的學生。
裝很重的生命的鳳尾船是樸素的，是黑的。

VI

回到一九九〇年
　我做夢我白白的開了二百公里。
　一切都擴大了。像雞一樣大的黃雀
　唱得耳朵都聾了。

我夢中把鋼琴鍵畫在
廚房的桌子上。我無聲的彈。
鄰居們進來聽。

VII

在整個《帕西發爾》[3]保持沉默的鋼琴（它還聽著呢）
終於允許講幾句。
嘆氣……嘆息……
李斯特今天晚上彈的時候，他一直壓下海水的踏板
讓海洋綠色的力量穿過地板而與大樓所有的石方工程融合。
晚安，美麗的海洋！
裝很重的生命的鳳尾船是樸素的，是黑的。

VIII

我做夢我要開學可遲到了。
教室裡的人都戴白的面具。
誰是老師不好說。

譯註1：一八八三年的新年，李斯特到威尼斯去看他女兒科西瑪和她丈夫，理查得・華格納。幾個月之後，華格納去世。此時李斯特創作了題名為《悲傷的鳳尾船》的兩首鋼琴曲。

譯註2：帕多瓦（Padova），威尼斯旁的古城，義大利學術重鎮。

譯註3：《帕西發爾》（Parsifa），華格納的音樂戲劇。

具有太陽的山水

太陽從房子後面流出來
站定在街道的中心
向我們呼吸
他紅色的風。
因斯布魯克[4]，我得離開你。
可是明天
一個發紅的太陽
會站在那灰色而半死的樹林
我們將工作和生活的地方。

譯註4：因斯布魯克（Innsbruck），奧地利的城市。

過去的東德十一月

黑雲遮住了那萬能的獨眼
草在煤塵中抖一抖。
被夜裡的夢打得青一塊紫一塊
我們登上
在每一站
停而下蛋的火車。
相當寂靜。
教堂的鐘打水的吊桶

噹噹響。
某人之無情的咳嗽
什麼跟誰都責罵。

一尊石頭的偶像囁動它的嘴唇：
它是城市。
像鐵一樣硬的誤會統治
店員屠夫鐵匠海軍軍官
像鐵一樣硬的，院士們。

我的眼睛痛得厲害！
它們利用螢火蟲的很模糊的光線閱讀。
十一月請你吃花崗石的糖果。

難以預料的！
正如在不合適的地方
大笑的世界歷史。

可是我們聽到
教堂的鐘的吊桶每禮拜三打水的
噹噹響
——是禮拜三麼？——
我們的禮拜天算不了什麼！

一九九〇年的七月

葬禮。
我感覺到死者
比我自己
還讀得懂我的思想。

風琴沉默了。鳥在唱。
太陽下的墓穴。
我朋友的聲音
躲在分鐘的背後。

開回家的時候
夏天的光明，雨和寂靜
把我看透了。
月亮把我看透了。

布穀鳥

布穀鳥坐在房子以正北的白樺樹上布穀布穀。它聲音響亮得我起頭兒認為是個唱歌劇的學一個布穀鳥唱歌。我驚訝地觀察那鳥。他每唱一個音，它尾巴的羽毛就上下動一下，像一個抽水機的把子。鳥兩腳跳了又跳，轉過來向四方叫。以後它起飛，小聲抱怨地飛過房子往西方去……。夏天老了，一切都流成一種夏鬱的沙沙聲。唱得好聽的布穀鳥[5]飛回熱帶地區。它在瑞典呆留的時間已經過去了。那時間不長！布穀鳥其實是薩伊[6]的公民……。我現在不再那麼喜歡旅行了。可是旅行在找我。我越來越被擠到一個旮旯兒的現在，年輪長著，我需要閱讀眼鏡的現在。發生的事總是比我們所能忍受的事多得多。沒有值得驚訝的事。

這些思念如實地帶我像蘇西和楚瑪把利文斯通的木乃伊帶過非洲。[7]

譯註5：唱得好聽的布穀鳥：原文為Cuculus canorus，是布穀鳥拉丁文的一個別名；canorus有「悅耳」的意思，我把Cuculus canorus譯成「唱得好聽的」。

譯註6：薩伊（Zaire），非洲的一個國家。

譯註7：蘇西（Susi）和楚瑪（Chuma）是利文斯通（Livingstone）忠實的非洲佣人。

詩三闕

I

騎士和他夫人
化成石頭卻很快樂
躺在超過時流的
一張飛翔的棺材蓋上。

II

耶穌手裡舉起
帶皇上側面的一枚硬幣
缺乏愛的側面

權利的循環。

III

一把流著的劍
消滅記憶。
喇叭和肩帶
在地裡生鏽。

正如當孩子

正如當孩子時，一種巨大的侮辱
像一個口袋套在你頭上
模糊的太陽光透過口袋的網眼
你聽得見櫻花樹哼著歌。

還是沒幫助，巨大的侮辱
蓋上你的頭，你的上身，你的膝蓋。
你會間斷地動搖
可是不會欣賞春天。

是的，讓閃亮的帽子蓋上你的臉
從針縫往外看。
海灣上水圈無聲的擁擠。
綠色的葉子使地球暗下來。

兩個城市

海峽兩岸上，兩個城市
一個黑暗的，給敵人佔領了。
另一城市裡燈光明亮。
明亮的海岸使彼岸入迷。

我催眠狀態中游泳
在發亮而昏暗的水裡。
一個大號低沉的音穿過來。
是一個友人的聲音：拿起你的墳墓走開。

光線流進來

窗外有春天的長獸
太陽的透明的龍
像往郊外的火車流過去——
我們來不及看它的頭。

河岸上的別墅橫向移動
像螃蟹一樣驕傲。
太陽逼著人像眨眼。

太空中炙熱的火海

變成土而成為撫摸。
倒數已開始。

夜裡的旅行

我們底下多麼擁塞。火車行駛。
阿斯托里亞[8]旅館發抖。
床頭的一杯水
在洞裡頭發光。

他做夢他是斯瓦爾巴[9]島上一名囚犯。
地球隆隆地轉動。
閃亮的眼睛走過冰田。
奇蹟的美存在。

譯註8：阿斯托里亞（Astoria），旅館名。
譯註9：斯瓦爾巴（Svalbard），冰海屬於挪威的群島。

俳句

電線的網絡
張在寒冷的國度
無音樂之地。

炙熱的日頭
獨自在練習跑往
死亡之青山。

我們得忍受
小號字體之草和

底層的笑聲。

太陽將西下。
我們影子是巨人。
萬物皆成影。

美麗的蘭花。
油輪一一流過去。
天上的滿月。

古代的城堡，
陌生的城市，石獸，
空洞的沙場。

樹葉悄悄說：
野豬在彈風琴了。
敲鐘的聲音。

黑夜在流動
從東邊到西邊以
月亮的速度。

啊，一對蜻蜓
緊緊地連起來的
嘶一聲飛過。

上帝出現了。
鳥音洞裡的大門

打開了鐵鎖。
橡樹和月亮。
光與沉默的星座。
寒冷的大海。

在島上一八六〇年

I

她在碼頭上沖洗衣服的一天
海灣的寒冷通過手背
升入她的生命。

眼淚凍成眼鏡。
島嶼抓住草把自己提起來
鯡魚的旗幟搖擺在深處。

II

一群麻子趕得上他
降落在他臉上。
他仰躺而盯著天花板。

多麼激烈划船上沉默。
此霎那永遠流著的污跡
此霎那永遠流血的處。

沉默

走過去，他們已經埋葬了……
一塊雲滑過太陽。

飢餓是一所
夜裡移動的大樓

臥房裡開著電梯之黑洞
往大樓的內部。

溝裡的花。喇叭聲和沉默。

走過去，他們已經埋葬了……

銀製餐具像群魚倖存

在大西洋漆黑的深處。

隆冬

一種藍色的光
從我的衣服流出。
仲冬。
冰做的手鼓響著。
我閉著眼睛。
有一個無聲的世界
有一道縫隙
讓死者
偷偷的過邊境。

一八四四年的草圖

威廉·透納[10]的臉是飽經風霜的
他的畫架放在遙遠的大海浪中。
我們跟從那發銀光綠色的纜索沉入水中。

他涉水到緩緩傾斜的死亡的國度。
一列火車行進。來近一點。
雨，雨在我們頭上行走。

譯註10：威廉·透納（William Turner, 1775-1851），英國畫家。

巨大的謎語

Den stora gåtan

短詩

Den stora gåtan

老鷹崖

玻璃箱裡頭
蛇
莫名其妙的靜。

沉默中
一個女人晾衣服
無風之死亡。

深層的地底
我的靈魂飄蕩著

像沉默的彗星。

正面

在路的盡頭我看見暴力
好像一隻剝了層層
臉孔的洋蔥

戲散了。半夜。
字母在房子的正面燃燒。
沒有回信的秘密
降落在冷的光彩中。

十一月

劊子手無聊
就危險
燃燒的天空
捲起來

敲聲傳達從囚房到囚房。
房間從凍土層浮上來。
幾塊石頭發明月的光。

下雪

葬禮越來越密
如走進城市的
路標。

千萬人的目光
在長影之國度。

一條橋
慢慢地
自動地蓋往天空。

簽名

我必須跨過
那黑黑的門檻。
一個廳宇。
白的文件發亮。
很多搖動的身影
都要簽名。

直到光線趕上我
把時間折起來。

俳句

Den stora gåtan

一座喇嘛廟
中有懸著的花園。
戰鬥的圖畫。

絕望的牆壁……
來來去去的鴿子
都沒有臉孔。

思想站住了
像宮殿廳宇裡的
彩色的石板。

陽台上的我
站在日光的籠裡——
像雨後的虹。

密霧中吟詩。
海上遙遠的漁船——
海的戰利品。

發亮的城市：
音符，童話與數學——
可完全兩樣。

陽光的馴鹿。
蒼蠅殷勤把影子
縫定在地上。

透骨的暴風
深夜裡穿過房屋——
魔鬼的名字。

古怪的松樹
在這悲哀的濕地。
永久的永久。

黑暗揹著我。
在那一雙眼睛中
我遇見長影。

冬天的太陽……
我游泳著的巨影
變成個幻象。

出去散步的
那標距離的石碑。
聽班鳩之聲。

死神俯著身
細查當棋局的我。
勝計已了然。

太陽要落盡。
拖船牛頭犬的臉
一直在相望。

山坡的懸崖
出現魔壁的裂口。
夢裡的冰山。

山上的陡坡
燃燒的太陽底下
羊群嚼火燄。

啊，紫藤，紫藤
從柏油裡站起來
正像個乞丐。

棕色的樹葉
跟死海的聖經卷
一樣的寶貴。

瘋人圖書館
擺在書架的聖經
沒有人閱讀。

從澤中躍出！
松樹的鐘標半夜
鯰魚捧腹笑。

幸運擴脹了。
陌生的水滸中的
蛤蟆在唱歌。

他寫著又寫……
運河裡流著漿糊。
到彼岸的船。

默行如細雨
迎接耳語的樹葉。
聽宮裡的鐘！

真是奇妙的，
上帝白住的森林。
城牆發亮了。

爬著的黑影……
我們迷路於森林。
蘑菇之國度。

黑白的喜鵲
固執地跑來跑去
橫穿過田野。

看我坐在這兒
像靠沙岸的小舟。
這兒我真快樂。

陽光的狗鏈
牽著路旁的樹木。
有人叫我麼？

野草站起來——
他的臉孔正像個
刻字的石碑。

一幅黑的畫。
塗過顏色的窮困，
穿囚衣的花兒。

時間臨到了，
瞎了眼睛的微風
歇在正面上。

我曾到過那兒——
刷白的牆壁上面
蒼蠅在聚集。

燃燒的太陽……
帶著黑帆的船桅
早已不在了。

堅持吧，夜鶯！
深處有所生長的——
我們偽裝了。

死神彎下身
在海面上寫筆記。
教堂呼真金。

有所發生了。
明月照亮了屋子。
上帝知道了。

房頂裂開了。
死者能看見我了。
那一面臉孔。

聽雨的淅淅。
我悄聲說個祕密
希望能進去。

月台的畫面。
啊，好奇妙的安靜——
內心的聲音。

頓時的覺悟。
一棵老的蘋果樹。
大海靠近了。

海洋是城牆。
我聽海鷗的叫喊——
它們打招呼。

背後的神風。
那聽不到的槍聲——
太長一個夢。

灰色的沉默。
藍色的巨人走過。
海吹起涼風。

海的圖書館
慢慢吹來的長風。
這兒我能休息。

人形的飛鳥。
蘋果樹已開過花。
巨大的謎語。

巨大的謎語

作者　托馬斯・特朗斯特羅默
翻譯　馬悅然
書籍規劃　陳文芬
總編輯　周易正
執行編輯　林芳如
校對　陳文芬
封面設計　莊謹銘
內頁設計　黃瑪琍
企畫編輯　賴奕璇
行銷業務　李玉華、劉凱瑛
印刷　崎威彩藝
定價　二六〇元
ISBN　978-986-87112-9-7

版次　二〇一二年二月二版一刷
出版者　行人文化實驗室（行人股份有限公司）
發行人　廖美立
地址　10049台北市北平東路二十號十樓
電話　02-2395-8665
傳真　02-2395-8579
郵政劃撥　50137426
網址　http://flaneur.tw
總經銷　大和書報圖書股份有限公司
電話　02-8990-2588

國家圖書館出版品預行編目資料

巨大的謎語 / 托馬斯・特朗斯特羅默作；馬悅然翻譯. -- 初版. -- 臺北市：行人文化實驗室；2011. 11

128面；13 x 19公分

譯自：Den stora gåtan

譯自：Sorgegondolen

ISBN 978-986-87112-9-7（平裝）

881.351 100021265